roman lime

Dominique et compagnie

Sous la direction de
Agnès Huguet

Carole Tremblay

Le génie du lavabo

Illustrations
Anne Villeneuve

Catalogage avant publication de Bibliothèque et Archives Canada

Tremblay, Carole, 1959-
Le génie du lavabo
(Roman lime ; 3)
Publ. à l'origine dans la coll. :
Carrousel. Petit-roman. 1997.
Pour enfants de 7 ans et plus.

ISBN-13 : 978-2-89512-541-9
ISBN-10 : 2-89512-541-4
I. Villeneuve, Anne. II. Titre.
III. Collection.

PS8589.R394G46 2006 jC843'.54 C2006-940365-1
PS9589.R394G46 2006

Dépôts légaux : 3e trimestre 2006
Bibliothèque et Archives nationales
du Québec
Bibliothèque nationale du Canada
Bibliothèque nationale de France

ISBN-13 : 978-2-89512-541-9
ISBN-10 : 2-89512-541-4
Imprimé au Canada

10 9 8 7 6 5 4 3 2 1

Direction de la collection :
Agnès Huguet
Conception graphique :
Primeau & Barey
Révision : Marie-Thérèse Duval
Correction : Corinne Kraschewski

Dominique et compagnie
300, rue Arran
Saint-Lambert (Québec)
J4R 1K5 Canada
Téléphone : (514) 875-0327
Télécopieur : (450) 672-5448
Courriel :
dominiqueetcie@editionsheritage.com
Site Internet :
www.dominiqueetcompagnie.com

Nous remercions le Conseil des Arts du
Canada de l'aide accordée à notre programme de publication. Nous reconnaissons l'aide financière du gouvernement du
Canada par l'entremise du Programme
d'aide au développement de l'industrie de
l'édition (PADIÉ) pour nos activités d'édition.

Nous reconnaissons l'aide financière du
gouvernement du Québec par l'entremise
du Programme de crédit d'impôt pour l'édition de livres – SODEC – et du Programme
d'aide aux entreprises du livre et de
l'édition spécialisée.

À ma maman,
qui ne m'a jamais
parlé très fort

Chapitre 1

Quel génie !

–Allez, va brosser tes dents maintenant ! dit madame Tiroir à sa fille.

–Oui, maman, répond Simone.

La fillette se dirige tranquillement vers la salle de bains.

–Et dépêche-toi, sinon tu vas encore être en retard à l'école !

–Mais oui, mais oui, je me dépêche.

–Et n'oublie pas de te laver le visage ! continue madame Tiroir.

–Mais oui…

Simone ouvre à fond le robinet du lavabo et fait une énorme grimace dans le miroir. La voix de sa mère se fait de nouveau entendre.

– Simone ! Referme un peu le robinet ! Tu vas encore mouiller tes vêtements !

La fillette obéit.

– Et ne mets pas de dentifrice partout comme la dernière fois !

Simone soupire. Sa mère n'est pas méchante, mais elle a la fâcheuse habitude d'être toujours sur son dos. Toujours à lui dire : « Fais ceci, ne fais pas cela ! »

Agacée, la fillette s'adresse à son reflet dans le miroir :

– Tu ne pourrais pas lui dire de se taire cinq minutes ?

À la grande surprise de Simone, l'image dans le miroir se brouille. Un visage inconnu apparaît à la place du sien. Une drôle de petite tête mauve avec de minuscules yeux en amande. Simone laisse tomber sa brosse à dents par terre.

– Qu'est-ce que tu fais encore ? lance madame Tiroir.

Mais cette fois, Simone ne l'entend même pas.

– Qui… qui êtes-vous ? demande-t-elle au reflet.

– Ben, le génie du lavabo, pauvre cloche ! réplique le visage.

– Le génie du lavabo ? répète Simone, encore sous le choc.

– C'est ça. Bon ! Tu m'as appelé ? demande-t-il d'un ton bourru.

– Qui ? Moi ?

– Mais oui, toi. Sûrement pas le rideau de douche !

– Mais… mais je ne vous ai pas appelé.

– Tu ne m'as pas demandé de faire taire quelqu'un ?

– Simone ! hurle madame Tiroir, qui commence à s'impatienter. As-tu décidé de passer le reste de la journée dans la salle de bains ? Il est presque 8 h 15 !

– Ah ! oui…, se souvient Simone. Faire taire ma… ma mère… Si elle pouvait arrêter de me…

Le petit génie lui coupe la parole.

– Si c'est ton souhait, je l'exauce. Aucun problème.

Sans attendre de réponse, le petit monstre ferme les yeux. Il insère son auriculaire gauche dans son oreille droite, l'agite quelques secondes, puis… Pfft ! Il disparaît.

—Ça y est, c'est fait…, marmonne une voix lointaine.

On dirait que la voix provient de l'orifice d'évacuation du lavabo.

Étonnée, Simone se penche pour regarder dans le trou.

Au même moment, madame Tiroir entre dans la salle de bains. Elle s'agite, les bras en l'air. Sa bouche est grande ouverte mais aucun son n'en sort.

Madame Tiroir ramasse la brosse à dents qui gît toujours par terre. Elle la brandit sous le nez de Simone. Celle-ci l'attrape aussi vite qu'elle peut. La bouche de madame Tiroir ne cesse de s'ouvrir et de se fermer. Sa langue fait des triples sauts périlleux entre ses dents. Simone est terrorisée. Elle n'a aucune idée de ce que sa mère lui dit. Elle est peut-être en train de la menacer des pires punitions…

La mère agite un index inquiétant sous le nez de sa fille. Puis elle sort de la salle de bains en claquant des talons. Le tout sans avoir émis un seul son !

Simone commence à se brosser les dents. Elle réfléchit. Faire taire sa mère n'est pas du tout une bonne idée. Peut-être est-elle en train de l'appeler en ce moment ? Comment savoir ? Si Simone ne répond pas, sa mère se fâchera. Et la punira ! Non, il faut absolument qu'elle l'entende.

—Génie, chuchote Simone. Génie ! Reviens, il faut que je te parle…

L'image du miroir devient floue, puis la petite tête mauve apparaît de nouveau.

—Tu pourrais te rincer la bouche avant de me parler, râle le petit monstre avec un air de dégoût.

Simone s'exécute. Puis, pendant qu'elle range sa brosse à dents, elle lui explique son problème.

—Bon, soupire le monstre mauve, tu veux que je remette le son, c'est ça?

—Ouais, je pense que c'est mieux.

Le petit bonhomme hausse ses épaules violettes.

– Comme tu veux. C'est toi qui décides.

Simone entend aussitôt sa mère hurler :

– ... DERNIÈRE FOIS QUE JE TE LE DIS ! SI TU N'ES PAS À LA CUISINE DANS TROIS SECONDES, TU SERAS PRIVÉE DE TÉLÉVISION POUR TOUTE LA SEMAINE. J'EN AI ASSEZ DE PARLER TOUTE SEULE !

En moins de deux, Simone est debout devant sa mère.

— Je suis prête, maman.

— C'EST PAS TROP TÔT, lance madame Tiroir.

Elle a parlé calmement. Pourtant, sa voix est démesurément forte.

— TIENS, VOILÀ TA COLLATION. ET N'OUBLIE PAS TON IMPERMÉABLE, ON ANNONCE DE LA PLUIE AUJOURD'HUI.

Simone grimace. Le génie a mis beaucoup trop de volume. C'est insensé. On doit entendre sa mère de l'autre côté de la rue.

— BONNE JOURNÉE, MA GRANDE ! dit madame Tiroir comme si elle s'adressait à une foule de cinq cents personnes.

« Aïe aïe aïe ! Il faut que je retourne

parler à ce satané génie », pense Simone. Mais madame Tiroir l'entraîne déjà vers la porte. La fillette comprend qu'il est préférable de ne pas résister à sa mère, pour le moment.

– À plus tard, maman !
– C'EST ÇA, À PLUS TARD !

La voix de sa mère lui transperce les tympans. La fillette a encore les oreilles qui bourdonnent quand elle se retrouve dans la rue. Elle s'inquiète. Sa mère parle plus fort qu'un haut-parleur dans une discothèque. Si elle décide de chanter sous la douche, les voisins vont sûrement appeler la police pour la faire taire. Par bonheur, son travail d'illustratrice ne l'oblige ni à sortir ni à parler au téléphone. Il arrive même que madame Tiroir n'ouvre pas la bouche de la journée. Avec un peu de chance, c'est ce qui se passera, espère Simone en continuant sa route vers l'école.

Chapitre 2

Miracle de courte durée

Après la classe, Simone se presse de rentrer. Elle a hâte de voir si la voix de sa mère est revenue à la normale. Hélas, à dix maisons de la sienne, Simone entend clairement sa mère raconter le dernier film qu'elle a vu. Une histoire d'amour entre un soldat et une serveuse. Simone se demande bien à qui elle parle. Sûrement à une personne très très polie qui n'ose pas lui demander de baisser le ton.

Simone court vers la maison. Elle a à peine franchi la porte d'entrée que sa mère s'écrie :

— SIMONE ! VIENS VOIR QUI EST LÀ !

Simone se fige sur place. La voix de sa mère est aussi forte qu'une sirène de bateau. La fillette a envie de mettre ses deux mains sur ses oreilles. Mais elle se retient.

— TA GRAND-MÈRE ! ET DEVINE QUOI ? IL S'EST PASSÉ QUELQUE CHOSE D'EXTRAORDINAIRE ! C'EST

UN VÉRITABLE MIRACLE ! LA SURDITÉ DE GRAND-MAMAN S'EST SUBITEMENT GUÉRIE ! N'EST-CE PAS MERVEILLEUX ?

– C'est vrai, dit la grand-mère. J'entends ta mère comme au temps de ma jeunesse ! Et sans mon appareil auditif !

Elle montre la table du doigt. Un minuscule objet rose traîne à côté de la théière.

—C'est sûrement grâce à ma nouvelle tisane. Mon herboriste m'avait dit que les résultats seraient surprenants. Je n'aurais jamais cru qu'ils le seraient autant. Je suis tellement contente que… tiens ! Je jette mon appareil à la poubelle !

Elle se lève d'un mouvement vif. Elle attrape le petit appareil et le laisse tomber parmi les épluchures de pommes de terre.

Simone la regarde, inquiète.

—Grand-maman, ce serait peut-être plus prudent de le garder, au cas où…

—MAIS NON ! MAINTENANT QUE TA GRAND-MÈRE A SA TISANE, ELLE N'A PLUS BESOIN DE ÇA ! lance la mère de Simone d'une voix plus forte qu'un roulement de tambour.

« J'ai très peur que grand-mère soit

bientôt déçue…», pense Simone, qui se précipite vers la salle de bains. Elle referme la porte derrière elle et s'adresse aussitôt au miroir.

– Génie ! Génie !

Simone attend quelques secondes, mais rien ne se passe. Oh non ! Et si le génie avait décidé de ne plus lui répondre…

Elle approche sa bouche de l'orifice d'évacuation du lavabo.

– Génie ! Viens vite ! Il faut que je te parle.

Toujours rien.

Simone commence à s'énerver. Elle grimpe sur le meuble-lavabo. Elle colle son nez sur le miroir et crie :

– Génie ! C'est important !

Une tête maussade apparaît au-dessus d'une tache de dentifrice.

– Aïe aïe ! grogne le génie. La vie était beaucoup plus calme quand tu ne savais pas que j'existais. Je pouvais dormir tranquillement au fond de mon tuyau.

– Excuse-moi de te déranger, dit Simone. Mais pour ma mère, ça ne va pas du tout !

– Qu'est-ce qu'il y a encore ? Tu veux que je lui recoupe le son ? Faudrait savoir, tu le veux ou tu ne le veux pas ?

– Tu l'as remis beaucoup trop fort.

– Je l'ai remis exactement comme il était, réplique le génie, vexé.

– Oh non ! Ma mère n'a jamais parlé si fort. Même ma grand-mère peut l'entendre maintenant. Et sans son appareil.

– J'ai remis le volume exactement comme il était avant, dit le génie d'un air boudeur. J'en suis sûr. Mais si tu préfères qu'il soit moins fort, tu n'as qu'à le demander. Tu n'es pas obligée d'inventer toute cette histoire…

Le génie hausse les épaules. Puis il insère son auriculaire gauche dans son oreille droite. Il l'agite quelques secondes. Ensuite… Pfft ! Il disparaît…

— J'espère que c'est la dernière fois…, grommelle-t-il du fond du lavabo.

Simone entend un chuchotis dans la cuisine. Puis sa grand-mère qui demande :

— Qu'est-ce que tu dis ? Pourquoi parles-tu si bas tout à coup ?

Simone court à la cuisine. Madame Tiroir se tourne vers sa fille. Elle la regarde avec de gros yeux.

— Tu as encore oublié de tirer la chasse d'eau, ma grande.

Simone blêmit. La voix de sa mère n'est plus qu'un mince filet. On dirait celle d'une fourmi. C'est à peine si on l'entend.

—Je vais la tirer tout de suite, maman ! s'écrie Simone.

Elle retourne à la salle de bains au pas de course.

—Mais qu'est-ce que vous avez toutes les deux à parler si bas ? répète la grand-mère. Vous me cachez quelque chose ?

Chapitre 3

Négociations avec le lavabo

—Génie, supplie Simone pour la quatrième fois. Je te le promets : c'est la dernière fois aujourd'hui que je te dérange. Génie, s'il te plaît…

—Ah ! Ah ! Ah ! ronchonne la voix du fond du lavabo. Qu'est-ce qu'il y a encore ?

—Génie, tu as trop diminué le volume cette fois. C'est à peine si j'entends ce que ma mère dit.

– Lave-toi les oreilles et laisse-moi tranquille !

« Quel effronté », pense Simone. Elle ne va pas le laisser lui parler comme ça. Elle met ses poings sur ses hanches.

– Eh ! Génie ! Tu oublies que c'est moi qui décide…

– Et toi, tu oublies qu'un génie accorde seulement trois vœux. Et diminuer le volume de la voix de ta mère, c'était le troisième. Alors, mets le bouchon et laisse-moi dormir.

Simone a l'impression d'avoir reçu un coup sur la tête. Sa mère ne va quand même pas avoir une voix de souris le reste de ses jours. Elle bafouille :

– Co… co… comment, trois vœux ?

– Eh bien, commence le génie,

un premier pour la faire taire. Un deuxième pour lui rendre la parole. Et un troisième pour lui baisser le son. Un, deux, trois ! Tu sais compter, non ?

Simone se ressaisit.

— Je sais surtout que tu n'as pas fait ton travail correctement. D'abord, tu ne m'as pas prévenue que j'avais seulement droit à trois vœux. Ensuite, ce n'est pas ma faute si tu es maladroit.

— Moi, maladroit ? s'écrie le génie.

Le désagréable petit monstre sort du trou. Il remonte dans le miroir comme une fusée. Ses yeux en amande lancent des éclairs.

Simone s'inquiète un peu en le voyant d'aussi mauvais poil. Mais elle est décidée à lui tenir tête.

– Oui ! maladroit ! répète Simone. Tu es incompétent. Et tu vas me faire le plaisir de réparer le mal que tu as fait à ma mère.

De mauve, la tête du petit génie passe au rouge vif. Ses joues tremblent. Ses dents claquent. On dirait qu'il va éclater.

Simone n'a qu'une envie : s'enfuir à toutes jambes et se réfugier dans les bras de sa mère. Mais elle prend son courage à deux mains. Elle ajoute d'une voix ferme :

– Et plus vite que ça !

Son cœur bat à tout rompre. Elle craint que le petit génie ne se fâche

contre elle. Et qu'il utilise ses pouvoirs pour la punir. Mais elle n'a pas le choix. Il faut bien que sa mère retrouve sa voix normale.

De longues secondes s'écoulent. Puis, au grand soulagement de la fillette, le génie redevient mauve.

– Pff… Je sais très bien que j'ai fait exactement ce que tu m'as demandé. Mais je vais quand même conclure un marché avec toi. Je te donne la télécommande et tu ne viens plus jamais m'embêter. Ça te va ?

– La télécommande ? s'étonne Simone. Quelle télécommande ?

– Comment crois-tu que j'ai pu modifier la voix de ta mère ? Tu t'imagines peut-être que je fais de la magie ?

– C'est-à-dire que…, commence Simone.

Le génie sort un bras du miroir et lui tend la télécommande. Simone recule, sous le coup de la surprise.

– Ah ! ah ! ricane la tête mauve. Tu as peur d'une télécommande ?

– Non, non, c'est seulement que…

– Bon, l'interrompt le génie. Marché conclu, alors ? Tu la prends et tu ne viens plus m'embêter ?

Simone promet et le petit génie disparaît aussitôt dans le brouillard du miroir. Il est temps ! Madame Tiroir entrouvre justement la porte de la salle de bains.

– Simone ! Ça va ? Tu n'es pas malade ? fait-elle de sa voix microscopique.

Simone s'empresse de cacher la télécommande sous son chandail.

– Non, non…

—Tu en mets du temps pour tirer une chasse d'eau.

—Euh… c'est parce que je… je me lave les mains, dit Simone en ouvrant vite le robinet.

—Ah ! C'est très bien. On mange justement dans quelques minutes.

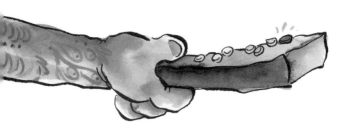

Chapitre 4

Les hauts et les bas de la télécommande

Simone entre dans la cuisine, la télécommande toujours cachée sous son chandail. Mais personne ne fait attention à elle. Sa mère brasse la soupe. Sa grand-mère, elle, fouille la poubelle à la recherche de son appareil auditif.

– C'est bizarre, dit-elle. Je n'entends pas aussi bien que tout à l'heure. Je ne suis peut-être pas parfaitement guérie.

Simone se hâte de s'asseoir à table. Elle retire la télécommande de sous son chandail et la dépose sur ses genoux.

Pendant ce temps, la vieille dame continue ses fouilles. Elle déplace quelques épluchures de pommes de terre.

— Le voilà ! s'écrie-t-elle en brandissant le petit objet rose.

— Tu manges avec nous, maman ? demande madame Tiroir à sa mère.

— Qu'est-ce que tu dis ? répond la grand-mère en nettoyant son petit appareil.

Madame Tiroir répète sa phrase. Elle articule du mieux qu'elle peut. On dirait qu'elle fait des exercices de prononciation. Son visage entier remue. La grand-mère n'a toujours pas compris. Elle fronce les sourcils et tend l'oreille. Un vrai concours de grimaces.

– Parle plus fort. On dirait que ma tisane n'est plus du tout efficace.

Simone actionne la télécommande en direction de sa mère pour monter le son.

– EST-CE-QUE-TU-MAN-GES-A-VEC-NOUS ? reprend madame Tiroir trois fois plus fort et deux fois plus lentement.

Le visage de la grand-mère s'éclaire.

– Ah ! Je pense que ça me revient, murmure-t-elle.

Elle regarde son appareil, jette un œil vers la poubelle, regarde de nouveau son appareil. Elle semble hésiter entre le jeter et le conserver.

Comme sa mère ne répond pas,

madame Tiroir croit qu'elle n'a toujours pas compris. Elle prend une grande respiration et hurle à pleins poumons :

— EST-CE QUE TU MANGES AVEC NOUS ?

Les vitres de la maison tremblent. Quelque part, dans l'appartement du voisin, on entend un chien hurler.

La voix est tellement forte que Simone bondit de sa chaise. La télécommande tombe par terre.

– Ça va, ça va, je ne suis pas sourde, dit la grand-mère en se frottant les oreilles.

Simone se penche sous la table pour prendre la télécommande. Elle doit baisser le son un peu. Il ne faut quand même pas exagérer…

– C'est gentil de m'inviter, répond finalement la grand-mère. J'accepte avec plaisir.

Simone appuie sur le bouton. À son grand soulagement, sa mère retrouve sa voix normale :

– Bon, eh bien assieds-toi, dit madame Tiroir, je vais servir la soupe.

Elle verse une pleine louche de soupe fumante dans un bol.

– Tu veux que je sorte des coupes ? demande la grand-mère.

La vieille dame se dirige vers l'armoire. Madame Tiroir l'arrête, son bol à la main.

– Je ne t'ai pas demandé de sortir des coupes. J'ai dit : « Je vais servir la soupe ! »

La grand-mère fronce les sourcils.

– Hein ?

Simone sent que sa mère est sur le point de s'énerver. Elle utilise de nouveau sa télécommande. La voix de sa mère s'enfle comme un moteur qui s'emballe. Elle lance à tue-tête :

– **JE VAIS SERVIR LA SOUPE !**

– Tu ne vas pas te mettre à crier après moi, maintenant ! se fâche la grand-mère. Sois polie un peu ! Je suis ta mère, ne l'oublie pas !

Simone veut éviter une dispute entre sa mère et sa grand-mère. Elle reprend vite la télécommande. Dans son énervement, elle appuie sur deux boutons à la fois. Le volume et… la marche arrière !

Madame Tiroir recule jusqu'à la cuisinière. Elle verse le contenu du bol dans la casserole tout en lançant :

– ! iot sèrpa sap eirc en ej siaM !

–Ah ! Si tu es de cette humeur, ma fille, je préfère aller manger chez moi ! réplique la grand-mère. Demain, je t'apporterai une tisane pour te calmer les nerfs.

Elle se lève. Madame Tiroir essaie de faire rasseoir sa mère, tout en lui disant :

– ! namam, iot-emlaC !

–Mais dans quelle langue parles-

tu ? s'écrie la grand-mère, les joues rouges de colère. Tu es devenue folle ou quoi ?

Simone dirige de nouveau la télécommande vers sa mère. Elle a le temps d'arrêter la marche arrière. Mais pas celui de remettre le volume à la normale. Sa mère se tourne vers elle.

– QU'EST-CE QUE TU FAIS AVEC CETTE TÉLÉCOMMANDE ? demande madame Tiroir d'une voix horriblement forte. DONNE-MOI ÇA IMMÉDIATEMENT. ON NE JOUE PAS AVEC DES APPAREILS ÉLECTRONIQUES À TABLE. D'ABORD, QU'EST-CE QUE C'EST ? JE NE L'AI JAMAIS VUE, CETTE TÉLÉCOMMANDE !

– Mais, c'est que…, balbutie Simone.

Sa mère ne veut rien entendre. Elle lui retire la télécommande et la dépose sur le réfrigérateur.

Pendant ce temps, la grand-mère a enfilé son manteau. Elle est prête à partir.

– Ma fille, je reviendrai quand tu seras de meilleure humeur.

– MAIS, MAMAN, JE SUIS DE TRÈS

46

BONNE HUMEUR! ALLEZ, VIENS T'ASSEOIR ET MANGE TA…

Madame Tiroir s'arrête net de parler. Elle regarde le bol vide sur la cuisinière. Elle ne se souvient pas d'avoir remis son contenu dans la casserole.

– ALLEZ, VIENS, JE VAIS TE SERVIR UNE BONNE SOUPE, dit-elle plus doucement.

– Bon, mais à condition que tu me promettes de te coucher tôt ce soir.

– C'EST PROMIS, MAMAN. ASSIEDS-TOI.

Simone jette un œil du côté du réfrigérateur. Il faut qu'elle remette la main sur cette télécommande le plus vite possible.

Chapitre 5

Expédition nocturne

Au beau milieu de la nuit, Simone quitte son lit. Sa mère dort profondément. Son ronflement envahit toutes les pièces. On dirait qu'un avion décolle dans la cuisine. Ou que quelqu'un passe une tondeuse géante sur la moquette du salon.

Sans faire de bruit, Simone approche une chaise du réfrigérateur. Elle monte dessus et saisit la télécommande. Sur la pointe des pieds, elle se dirige ensuite vers la chambre de sa mère.

Debout dans l'encadrement de la porte, elle pointe la télécommande vers sa maman. Le ronflement diminue jusqu'à devenir un faible murmure. Simone soupire de soulagement. Elle s'apprête à quitter la chambre, mais se ravise. Est-ce qu'elle a trop baissé le son ? Pour le ronflement, c'est parfait. Mais pour la parole, est-ce suffisamment fort ? La fillette hésite, puis augmente un peu le volume. C'est peut-être mieux ainsi… Difficile à dire… Simone aimerait régler le son une bonne fois pour toutes et se débarrasser de cette satanée télécommande. Elle diminue le volume d'un cran, hésite, l'augmente de nouveau. Comme Simone pense avoir trouvé le volume idéal, madame Tiroir ouvre de grands yeux.

—Mais qu'est-ce que tu fais là, ma chouette ?

Sa voix est normale, juste un peu ensommeillée.

—Tu fais un cauchemar ou quoi ?

—Je… Oui… C'est ça…, balbutie Simone.

La fillette tente de dissimuler la télécommande derrière son dos.

—Qu'est-ce que tu as derrière le dos ? demande madame Tiroir.

—Rien ! Je…

—Simone ! Je sais que tu me caches quelque chose. Montre-moi !

Simone lui tend la télécommande.

—Encore cette télécommande ! s'écrie madame Tiroir. Mais qu'est-ce que tu fais avec ça en plein milieu de la nuit?

Simone, prise au dépourvu, décide de tout lui avouer. Elle raconte l'histoire depuis le début. La grimace dans le miroir, le génie du lavabo, son air maussade, ses maladresses et, finalement, la télécommande.

Madame Tiroir écoute tout sans dire un mot. Puis elle hoche la tête.

— C'est vraiment un horrible cauchemar, ma Simone.

— Ce n'est pas un cauchemar, maman. Tout ce que je t'ai raconté s'est véritablement passé.

Madame Tiroir prend Simone dans ses bras.

— Je t'embête tant que ça avec mes recommandations ?

Elle caresse les cheveux de sa fille.

—C'est parce que je t'aime et que je veille sur toi, tu sais. Mais je te promets d'essayer de ne plus toujours te dire quoi faire.

Elle serre sa fille contre elle.

—Allez, va dormir maintenant. Et tâche d'oublier ce mauvais rêve.

—Mais ce n'était pas un rêve, maman...

—Tu verras, ma chouette, demain, tout sera oublié.

—Oui, maman.

Simone embrasse sa mère et retourne dans sa chambre.

La fillette se blottit au creux de son lit. Elle est un peu triste. Sa mère ne l'a pas crue alors qu'elle disait la vérité. Mais en même temps, elle se réjouit. Sa mère a promis de ne plus toujours lui dire quoi faire. C'est déjà pas mal.

Simone ferme les yeux. Elle est sur le point de s'endormir lorsque… RRRRR… ZZZZZZ… Les ronflements de sa mère retentissent dans la maison. Ils traversent les murs et s'infiltrent par l'ouverture des portes.

Simone a envie d'aller chercher la télécommande. Mais elle se retient. Elle préfère ne plus l'utiliser…

À la place, la fillette cache sa tête sous l'oreiller. Comme ça, au moins, le ronflement est tolérable.

Quelques minutes plus tard, la mère et la fille ronflent toutes les deux en chœur.

Dans la salle de bains, le génie du lavabo n'arrive plus à dormir. Il ronchonne.

– C'est pas bientôt fini, ce tinta-marre ? Ah ! si seulement je n'avais pas donné ma télécommande !

Carole Tremblay

Habille-toi ! Brosse-toi les dents !
Dépêche-toi ! Quel enfant n'a pas eu
un jour envie de faire taire sa mère ?
Et quelle mère, en retour, n'a jamais
rêvé de posséder la télécommande
qui ferait obéir les enfants ? En tout
cas, Carole Tremblay l'a souhaité
sans jamais voir son vœu se réaliser.
Pas plus que sa fille n'a réussi à faire
taire sa mère. Par bonheur, dans les
livres, tout peut arriver.

Chez Dominique et compagnie, Carole Tremblay a publié *Le petit robot extra poutine* dans la collection Roman vert ainsi que de nombreux albums illustrés dont *Roméo, le rat romantique*, *Juliette, la rate romantique*, *La véridique histoire de Destructotor* et *Marie-Baba et les quarante rameurs*. Elle a aussi écrit plusieurs livres dans la collection À pas de loup, tels que *Fred Poulet enquête sur un microbe* et *Médor et le cadeau piquant*.

Dans la collection Roman lime

Dans la collection Roman vert

Achevé d'imprimer en juillet 2006
sur les presses de Imprimerie L'Empreinte inc.
à Saint-Laurent (Québec) - 67263